神奇柑仔店番外篇

神祕可疑的天獄園

文 廣嶋玲子 圖 jyajya 譯 王蘊潔

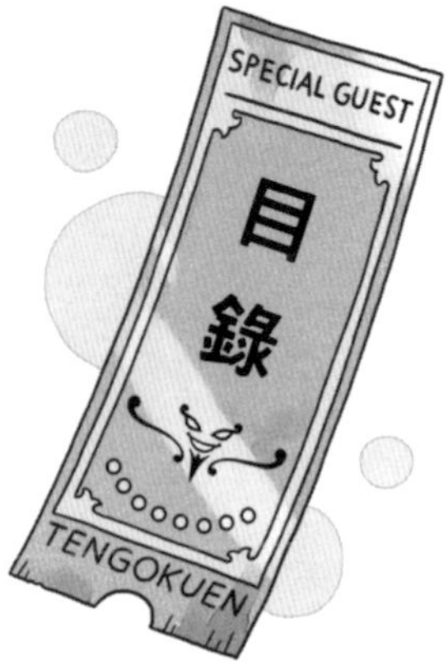
SPECIAL GUEST
目錄
TENGOKUEN

天獄園
HEAVEN
Scream
HELL
CHURROS

Cotton
Candy
TENGOKU

序章

嘻嘻嘻，各位晚安！

無論是覺得無聊的小弟弟，還是滿腹牢騷的小妹妹，都歡迎來找我，我會送給你一張超棒的票券。

你問我是什麼票券？

當然是遊樂園的入場券，而且是「此園只應天上有，人間能得幾次去」等級，超級讚的遊樂園。

遊樂園內有很多歡樂的遊樂設施，雲霄飛車、摩天輪、旋轉木馬，還有氣球和爆米花，也多到拿不完、吃不完。

怎麼樣？是不是有點心動，想去見識一下了？那就請看向這頂魔術師帽，我會在轉眼之間，把你帶去遊樂園。

什麼？你問我是誰？

不好意思，忘了自我介紹。我叫怪童，是等一下要帶你去的「天獄園」遊樂園的老闆，請記住我的名字。

啊，對了對了，忘了說一件事。這張票券是試玩券，只能玩一項遊樂設施，或是買一樣東西。

什麼？你說我太小氣了？

不不不，我剛才也說了，這只是試玩券，只有真正的客人，才能買到真正的入場券。嘻嘻嘻！

好了，先不說這些事。聽清楚了嗎？只能玩一項，或是買一樣東西喔！

所以，記得挑選自己真正想玩的設施。否則……嘻嘻嘻！

1 永結同心摩天輪

八歲的晴太忍不住用力吞著口水。

眼前是一道掛著許多五光十色、閃閃發亮彩燈的大門，門內是充滿歡樂氣氛的遊樂園，可以看到巨大的旋轉木馬在轉動，還有頭戴兔子面具，手拿各種形狀氣球的人走來走去。遊樂園內傳來歡快的音樂，香噴噴的奶油爆米花氣味撲鼻而來。

大門裡頭簡直就是一個夢幻世界。因為現在是晚上，所以隱約

有一股令人發毛的感覺，但反而更襯托出這座遊樂園的魅力。

「原來這裡就是『天獄園』……」晴太難以置信的嘀咕。

直到前一刻，他還覺得今天很倒霉，獨自在陽臺上生悶氣。

原本爸爸說好今天晚上要開車帶晴太去兜風。他期待著在高速公路上暢快的一路飆車，然後去很大的休息站吃拉麵，還要請爸爸買那個休息站獨家販售的霜淇淋。

沒想到爸爸突然說要加班，取消了帶晴太去兜風的約定，這已經是爸爸第五次沒有遵守約定了，每次都讓他的期待落空，所以晴太越想越生氣。即使媽媽買了蛋糕想要安慰他，他也不理會媽媽，獨自逃到了陽臺上。

太陽已經下山，天色越來越暗，晴太覺得這就像是自己的心情寫照，他嘆著氣，把身體探出陽臺的欄杆。這裡是三樓，下方就是大廈的入口，也許爸爸提早加班完，正一路小跑著趕回來。

晴太帶著一絲期待往下看。但他沒有看到爸爸，只發現一個奇怪的男人站在大廈門口。

「咦？」

晴太揉了揉眼睛，因為那個男人的打扮太奇怪了，他以為自己看到了幻影。

那個男人非常高，瘦得像枝鉛筆，全身都穿著黑衣服，披著黑色斗篷，還戴了一頂黑絲綢帽子，簡直就像是即將上臺表演魔術的魔術師。他的頭髮梳得服服貼貼，下巴上翹起的鬍子，紅得就像熟透的草莓。

樓下的男人太離奇古怪了，渾身散發出一種可疑的感覺，而且他竟然抬頭直視著晴太。當他們四目相對時，男人對晴太咧嘴笑了笑，然後向晴太招手。

「你趕快下來。」晴太覺得有一個聲音在自己耳邊小聲說話。真是太令人好奇了，晴太覺得自己應該下樓去看看，無論如何都要這麼做。

晴太產生了這種想法，然後悄悄溜出家門。

他走出大廈的大門時，那個男人仍然站在那裡。正確來說，他還在那裡等晴太。

「晚安，你好。」男人像貓一樣優雅的鞠了一個躬，自我介紹說，他的名字叫「怪童」。

「我是『天獄園』遊樂園的老闆，雖然這麼說，聽起來好像在自誇，但我的遊樂園簡直就是夢幻世界，而且生意興隆，很多客人來了一次又一次。只不過近來都只有熟面孔上門，為遊客提供服務的工作人員有點提不起勁，無論遊樂設施還是表演都失去了活力，所以有時候會邀請完全沒有去過我們遊樂園的客人入園，為園區增添全新的能量。今天晚上，我們打算邀請你這位小客人。」

怪童口若懸河的說著話時，不知道從哪裡變出一張很大的銀色票券，遞到晴太面前。

「來，請收下，這是『天獄園』的試玩券，只要使用這張試玩券，就可以玩『天獄園』內任何一項遊樂設施，或是買一件商品。你覺得只能玩一項或是買一件商品太小氣了？不不不，只要玩過一次，就絕對能夠讓你心滿意足，我可以掛保證。嘻嘻嘻，你快收下這張試玩券，我馬上就帶你去『天獄園』。」

「馬上？但現在不是已經晚上了嗎？」

「嘻嘻嘻！我的『天獄園』就是晚上才營業的遊樂園。怎麼樣？光是晚上的遊樂園，不就讓人感到興奮嗎？要不要收下這張試玩券，都由你決定。」

咕嚕。晴太忍不住吞著口水。

說句心裡話，晴太覺得這個叫怪童的人無論是打扮、說話的態度，和整個人散發出來的感覺，所有的一切都很可疑，不僅可疑，甚至還有一種危險的感覺。

但是，他提出的邀請實在太迷人了。

晴太很想接下那張銀色票券。他最愛遊樂園了，更何況是自己從來沒去過的遊樂園，不知道會有多好玩，他無法不心動，再加上可以在晚上去遊樂園玩，簡直太吸引人了！

晴太正因為被爸爸放鴿子，不能去兜風而感到很失望，於是他接過試玩券說：「我要去！」

「嘻嘻嘻，」怪童發出了開心的笑聲，「很好很好！那我馬上就帶你去。來吧來吧，請看向這頂魔術師帽裡面。」

怪童說完，拿下了戴在頭上的魔術師帽，遞到晴太面前。晴太探頭看向魔術師帽，不知道裡面有什麼東西。

魔術師帽裡面一片漆黑。

晴太覺得好像墜入了黑暗的深淵，他很想移開眼睛，但這片黑暗有一種像是地心引力般的力量，讓他不由自主的被吸了進去。

「來吧，已經到了。」

晴太聽到怪童的聲音，驚訝的抬起頭，立刻發現他和怪童已經站在閃閃發亮的遊樂園門口。

晴太難以置信的回頭看著怪童。

「這、這是魔法嗎？叔叔，你是魔法師嗎？」

「嘻嘻嘻！沒有啦，我只是稍微借用了夜晚的力量。因為夜晚充滿了魔力。」

「這句話是什麼意思？」

「嘻嘻嘻！」

怪童發出不懷好意的笑聲，重新把魔術師帽戴回頭上，用溫柔的聲音說：

「好了、好了，我的事不重要，你趕快進去玩吧。我剛才也已經說了，你只能玩一項遊樂設施，或是買一種商品。」

「嗯，我會好好挑選再玩。叔叔，謝謝你。」

天獄園

「不客氣，不必客氣，我在這裡等你。你玩完之後，我會負責送你回家，你就好好玩吧。」

「嗯！」

晴太跑向大門。

走進「天獄園」的大門，晴太就彷彿置身夢幻王國。遊樂園內燈光璀璨、色彩繽紛，音樂不絕於耳，放眼望去，到處都是各種遊樂設施和商店。

遊樂園內有很多戴著動物面具的人，他們似乎是這裡的工作人員。「豪豬」在熱狗攤賣熱狗；「松鼠」在賣霜淇淋；還有「貓熊」

推著推車，上面堆滿了糖果。

晴太還看到了幾個小孩子。他們應該也和晴太一樣，都是受到邀請來這裡試玩的客人，每個人臉上都帶著喜悅。

晴太這時才終於回過神。

「太、太好了！既然這樣，那我就盡情的玩一玩！」

但是，試玩券只能玩一項遊樂設施。即使不玩遊樂設施，改買遊樂園內的商品，也只能買一種而已，既然這樣，那就要好好挑選，以免之後發現更好玩的，才後悔的覺得：「唉！早知道應該選這個」。

晴太在遊樂園內一下子參觀這個遊樂設施，一下子又走去那家商店張望，覺得所有的遊樂設施都很吸引人，就連「老虎」賣的玩具弓箭組也讓他覺得心動。

「但是，再多看看，也許會找到更棒的東西。」

晴太這麼想著，繼續在園區內參觀。最後，他終於發現最想玩的設施了，那就是摩天輪。

在晴太去過的所有遊樂園裡，從來沒見過這麼大、這麼漂亮的摩天輪。銀色的摩天輪上有精美的雕刻，還鑲滿了寶石，在夜空中閃閃發亮。

座艙的造型設計別具匠心，有南瓜馬車，還有龍抱著水晶球，或是巨大的骷髏頭造型，既奇特又豐富多彩。

晴太第一眼看到，就深深被吸引了。

搭上那個摩天輪，是不是會感覺自己飛到了天上？決定了，就搭摩天輪。

晴太跑向摩天輪，一個戴著蜥蜴面具、穿著合身燕尾服的工作人員站在入口前。晴太把怪童給他的試玩券遞給了眼前這個看起來很紳士的「蜥蜴」。

沒想到「蜥蜴」動作優雅的把手放在胸前說：

「很抱歉，摩天輪要兩人一組才能搭，如果不是兩個人，就無法搭乘。」

「怎麼這樣……我只有一個人。」

「如果你不介意，是否願意和其他客人一起搭？這裡剛好還有另一位落單的客人。」

「好啊，只要能搭上摩天輪，我都無所謂。」

雖然晴太很想自己一個人搭乘，但既然這是遊樂園的規定，那也沒辦法。

晴太感到有點失望，但是看到「蜥蜴」帶來一個女生，對他說就是這位客人時，前一刻的失望頓時不見了。

那是一個和晴太年紀差不多的女生，長得超可愛。她穿了一件紅色金魚圖案的浴衣，頭上戴的向日葵髮飾也很可愛，好像要去參加廟會。

「請多指教。」那個女生對晴太露出靦腆的笑容，晴太有一種怦然心動的感覺。他在內心比出勝利的姿勢，慶幸自己挑選了摩天輪。

他們在「蜥蜴」先生的協助下，走進一輛巨大蝙蝠形狀的座艙。

「那就請兩位玩得開心。」

「好。」

座艙緩緩上升，隨著座艙離地面越來越遠，晴太內心不由得緊張起來，但是他更在意坐在身旁的女生。

「她真的太可愛了，我好想和她說話。既然她坐在我旁邊，我想和她當朋友。」

晴太這麼想著，鼓起勇氣對身旁的女生說：

「好、好舒服。」

「嗯，對啊，風很舒服。」

那個女生對晴太嫣然一笑。晴太受到了鼓舞，又繼續對她說：

「我叫晴太。」

「我叫千紗。」

「是喔，你的名字真好聽。……你也是因為那個叫怪童的人送了你門票，才來這裡玩的嗎？」

「不是，我已經來玩過好幾次了。雖然每次都很想坐摩天輪，但一直找不到可以和我一起坐的人……所以我一直很孤單，很高興你今天來這裡。而且我也很高興能和你一起搭摩天輪。」

「是、是嗎？」

晴太害羞得臉都紅了。

晴太平時也很少和班上的女生說話，現在看到這麼可愛的女孩對自己露出笑容，他不知道該怎麼辦才好，但是，晴太覺得這種時候，應該表現出男生的樣子。

晴太主動的說：

「如果你感到害怕，可以抓住我的手，即使用力抓也沒關係。」

「謝謝，那我就不客氣了。」

摩天輪終於來到了頂端。千紗握住了晴太的手，她冰涼纖細的手指和晴太十指緊扣。

晴太小鹿亂撞，心臟幾乎快從嘴巴裡蹦出來了，他太害羞了，完全不敢看坐在自己身旁的千紗，只是默默注視著前方。他當然沒有鬆開千紗的手。

他們就這樣一直握著手，完成了摩天輪之旅。

「蜥蜴」看著他們回到地面，興奮的對他們說：

「你們回來了，旅途似乎很愉快。」

「對。」千紗也滿臉喜色的回答：「很美好。」

「所以……你決定了嗎？」

「對，就是他了。」

「恭喜你。」

晴太完全聽不懂千紗和「蜥蜴」在說什麼，但不知道為什麼，他覺得脖子上有一股寒意。

「你們到底在說什麼？」晴太想問千紗。這時，突然吹來一陣冰冷的強風，好像有人在用力推他的後背。

晴太被突然襲來的強風吹得重心不穩，當他抬起頭時，發現自己竟然站在「天獄園」的大門外，怪童站在他面前，露出不懷好意的笑容。

「怎麼會這樣！」

晴太慌忙轉頭看向後方，大門內的「天獄園」正慢慢遠去，摩天輪也越來越小。

晴太看到眼前的奇妙狀況，忍不住著急起來。比起眼前這種莫名其妙的情況，他更為再也見不到千紗而感到難過。自己還來不及向千紗說再見，而且也想問她住在哪裡，讀哪一所學校。如果可以，很希望可以邀她下次一起來玩。

晴太急忙想回去「天獄園」，但有人用力抓住了他的手臂。怪童抓住了他，笑嘻嘻的對他說：「你該回家了。」

「等一下，我剛才新認識了一個女生，既然要回家了，我想和她說聲再見。」

「不行，該回家的時候就要乾脆點，而且你不必擔心，你很快又

會見到那個朋友了。」

「不要安慰我了。」晴太很生氣的想，但是即使用力瞪向怪童，怪童也一臉無所謂的態度，而且晴太發現他的眼神比剛才更可怕。

晴太無可奈何，只能再度探頭看著怪童遞到他面前的魔術師帽，一眨眼的功夫，他就回到了大廈門口。

「那我就先告辭了，祝你幸福。」

怪童發出討厭的呵呵笑聲，甩著斗篷離開了。

「什麼祝我幸福。」

晴太忍不住罵道，一邊沿著樓梯回到家裡。

爸爸還沒有回家，媽媽也沒有發現晴太剛才出門了，似乎以為晴太一直關在自己房間內，所以並沒有罵他「你去了哪裡」，只不過晴太仍然悶悶不樂，滿腦子都想著千紗。

早知道會這麼失落，就不該去什麼「天獄園」。晴太回到自己房間後這麼想，深深嘆了一口氣。

這時，房裡突然響起一個甜美的聲音：

「你怎麼了？為什麼嘆氣？」

那不是媽媽的聲音。

晴太轉過頭，忍不住瞪大了眼睛。因為千紗就站在他身後，對晴太露出調皮的可愛笑容。

晴太大驚失色。雖然他前一刻還很想見到千紗，但是當千紗真的出現在自己房間時，他竟然有一種不舒服的感覺。而且她為什麼會在這裡？

「千紗！你、你怎麼會在這裡？」

「因為我們不是一起坐了摩天輪嗎？」

「啊？」

「那是『永結同心摩天輪』，只要情侶一起搭乘，就可以永遠在一起不分離。」

「永、永遠在一起……」

「我一直在等你。」

千紗說話的聲音越來越嫵媚。

「我一直在等待能和我一起坐摩天輪的男生，結果你就出現了，你很溫柔，也很可愛，我終於等到你了，我永遠都不會和你分開，我們會永遠在一起。」

我們會永遠同心，百年好合……

千紗笑著說，她的臉漸漸變得有點透明，還可以隱約看出骷髏的樣子。

「永結同心摩天輪」，是一項能協助亡靈配對的浪漫遊樂設施。

但並不是只有亡靈可以配對成功，因為亡靈不就是那些死了之後無法成佛，一直在這個世界徘徊的靈魂嗎？這些靈魂往往都很寂寞，所以如果這些亡靈找不到理想的對象，有時候我就會為他們安排理想的活人，這也是我身為老闆的使命之一。嗯嗯，所以我根本就是紅娘嘛。嘻嘻嘻！

2 地獄雲霄飛車

「來來來，請進請進，希望你在『天獄園』玩得開心。」

十二歲的芯時聽到這句話，馬上衝進了夜晚的遊樂園。「天獄園」看起來很歡樂，但也有一種詭異的氣氛，芯時感受著這種氣氛，心情越來越高亢。

芯時覺得自己真是太幸運了。今天補習班放學，他走在回家路上，被一個自稱怪童的人叫住時，他還懷疑對方是不是想綁架他，

而且也很害怕。

但是，那個叫怪童的人真的帶自己來到了遊樂園，所以算是虛驚一場。只要稍微玩一下就回家，爸媽應該不會發現。

而且，他也已經決定好要玩什麼遊樂設施了，那就是雲霄飛車。

芯時超愛雲霄飛車，無論去哪個遊樂園，他從頭到尾都會一直坐雲霄飛車，而且向來認為除此以外的遊樂設施都「太無聊了」。

芯時很喜歡坐雲霄飛車時，那種身體好像快飛出去的感覺，也愛上頭髮好像被拉扯的速度感，更熱衷於心臟劇烈跳動的刺激感。

雲霄飛車真的是全世界最棒的遊樂設施，他也對自己產生了這種想法感到驕傲。

「對了，上次和親戚一起去遊樂園也玩得很高興。」

那次去遊樂園時，芯時和比他年紀小的表弟們一起坐了雲霄飛車。為了炫耀自己膽子很大，芯時故意鬆開雙手，擺出各種姿勢，並且發出大笑聲，玩得不亦樂乎。一起搭車的表弟有人因為速度太快，嚇得臉色發青，甚至有人想要嘔吐。

芯時看到幾個表弟無法像自己一樣了解雲霄飛車的樂趣，就嘲笑他們是「膽小鬼」，結果害得其中一個表弟哭了，芯時也被爸爸痛罵了一頓。

但是，芯時到現在仍然不覺得自己做錯了。

「膽小的傢伙，根本沒資格坐雲霄飛車！」

那個叫怪童的人告訴芯時，這個遊樂園內有超猛的雲霄飛車。

這裡的雲霄飛車到底有什麼刺激好玩的特色？芯時越想越期待。

芯時對其他遊樂設施和商店都不屑一顧，一路跑向雲霄飛車，想趕快一探究竟。

他終於來到了雲霄飛車前。雲霄飛車的軌道繞來繞去，就像是盤起的大蛇，一看就知道很刺激，而且漆上很鮮豔的金色、黑色和紅色，更增添了震撼的感覺。

「一定很好玩。」芯時大步走了過去。

戴著臭鼬面具，穿著紅色、白色和金色衣服的小丑接待了他，並說：「請出示門票。」芯時有點緊張的把怪童給他的銀色試玩券遞給「臭鼬」。

「臭鼬」看到試玩券，比剛才更恭敬的鞠了一躬。

「原來是特別貴賓，衷心感謝您選中了『地獄雲霄飛車』，請小心搭乘。」

芯時在「臭鼬」小丑的帶領下，神氣的坐在最前面的車廂。芯時是唯一的乘客，這件事也令他感到高興。因為自己可以獨享雲霄

飛車，簡直是全天下最奢侈的事。

芯時興奮的等待著雲霄飛車出發，「臭鼬」在他的腰間繫上安全帶時說：

「不瞞你說，這個雲霄飛車有一項優惠活動。」

「優惠？」

「只要在行駛期間，客人完全沒有發出尖叫聲，我們將會致贈獎品，向客人的勇敢表達敬意。只不過到目前為止，很少有人領到獎品，因為這個地獄雲霄飛車真的就像地獄般驚險刺激。」

「臭鼬」小丑意味深長的說。

「不知道你有沒有能耐不尖叫。」芯時覺得這才是「臭鼬」的言下之意，頓時激動起來，他一定要接受挑戰。

「我才不會尖叫。」

「呵呵呵，是嗎？緊張的時刻就要開始了。請抓緊前方的握把，『地獄雲霄飛車』馬上就要出發了。」

芯時聽從指示，用力抓住了握把。

既然可以領到獎品，自己絕對不尖叫！

「轟隆」一聲，車廂動了起來。起初速度很緩慢，但隨即加快了速度，最後就像風一樣，在軌道上狂奔。

雲霄飛車時而旋轉，時而衝向坡度很陡的彎道，或是從高處一口氣往下俯衝。

芯時的胃在翻騰，強大的風壓幾乎把他壓扁，他覺得自己的臉都變形了。

還有更可怕的，這個雲霄飛車不知道隱藏了什麼機關，在行進途中可以看到各式各樣奇怪的東西。

軌道旁竄出黑色和金色的大蛇想要纏住芯時的身體，還有戴著骷髏面具的小丑拿著菜刀追上來，一頭黑色的獅子又突然出現在軌道前方，噴出綠色的火焰。

總之，各種可怕的東西接連出現在眼前，想要嚇死芯時。

「好、好猛啊！啊啊啊啊！我、我第一次坐這種雲霄飛車！嗚哇啊啊啊！」芯時在內心暗自驚叫。

地獄雲霄飛車比想像中更加刺激，芯時好幾次都差一點發出了尖叫聲，但每次都用力咬緊牙關，完全沒有發出任何聲音。

他終於忍到最後，回到了剛才出發的起點。

芯時已經精疲力盡，渾身無力了。「臭鼬」一臉佩服的說：

「這位弟弟，你太厲害了，完全沒有尖叫，澈底戰勝了地獄雲霄飛車。」

「當然啊，我超愛雲霄飛車。我從頭到尾都沒有發出尖叫聲，可以得到獎品嗎？」

「當然。獎品就是你可以再搭一次『地獄雲霄飛車』。」

「這就是獎品嗎？太棒了！」

竟然可以免費再坐一次這麼刺激的遊樂設施，芯時太高興了。

這時，「臭鼬」不懷好意的說：

「但是，這次的路線比剛才更加刺激……如果你會害怕，也可以拒絕。」

芯時當然不服輸。既然對方都這麼說了，沒理由不挑戰。

「我當然要坐！」

「我就知道，那就請你繼續坐在車上，接下來馬上就會前往新的路線。」

「臭鼬」小丑的話音剛落，雲霄飛車就又動了起來。這次從一開始的速度就很快，但芯時並沒有感到刺激，而是感到害怕。

「喂！這個速度未免太快了！車廂搞不好會飛出去！嗚啊！哇啊啊啊啊！」芯時在心裡大喊起來，但他仍然逞強的咬緊牙關，用力閉上眼睛。

這時，他發現雲霄飛車的速度一下子慢了下來，接著聽到「臭鼬」發出嘲笑般的聲音。

「來了來了，接下來才是重頭戲，地獄入口就在眼前！」

芯時大吃一驚，立刻睜開了眼睛。

他發現自己不知不覺中被帶到很高的位置，接下來似乎就要往下衝了，在下方軌道左側，有一張巨大的小丑臉。

小丑有一張雪白的臉，眼睛周圍塗成黑色，張著血盆大口，不懷好意的笑了起來，金色的眼睛發亮，目不轉睛的注視著芯時。小丑看起來太凶惡了，芯時覺得心臟好像被用力揪緊，感受到難以形容的恐懼。

與此同時，許多和恐懼無關的事接二連三的出現在芯時腦海中。

像是之前表弟坐雲霄飛車時感到害怕，自己一直嘲笑他，結果表弟哭了；班上的女生對自己說：「放學後要打掃，你不要每次都逃走。」自己卻用力踹了那個女生；上體育課時，看到同學身體不舒服，自己還故意拿球用力丟他的頭；以及自己慫恿弟弟，故意讓弟弟走去森林公園，結果弟弟真的迷路了。

小丑巨大的眼珠子中有某些東西，讓芯時想起了這些往事。

這個情況讓芯時感到極度恐慌。

「為什麼我現在要想起這些無聊的事？」

芯時的腦海中閃過這個念頭時，小丑突然張大嘴巴，然後伸出可怕的巨大舌頭，直直的朝他伸了過來。

舌頭伸到芯時坐的車廂前，然後就黏在軌道上。

轉眼之間，眼前出現了新的軌道。新路線前方也就是小丑的嘴巴深處，燃燒著熊熊烈火。

芯時嚇得說不出話，同時聽到了「臭鼬」的聲音。

「恭喜你！由於你對自己之前做的事毫無反省，所以獲得了地獄小丑的肯定。接下來就不再走原本的路線，敬請充分享受地獄大胃路線！這次保證會比剛才更讓你滿意，那就一路好走，再見了！因為我們再也不會見面了！」

芯時乘坐的車廂開始前進，發出「轟隆轟隆」的聲音，駛向小丑的舌頭。

看著小丑的嘴巴和火焰越來越近，芯時終於忍不住尖叫起來，但是，小丑把芯時連同他的尖叫聲，全部一起吞了下去。

「成功送出一名客人進入地獄大胃。」

「臭鼬」臉上露出得意的笑容，向小丑鞠了一躬。

「地獄雲霄飛車」，在「天獄園」內也是屈指可數、高人氣的遊樂設施，我也不例外，也很喜歡，坐了好幾次。但是，負責讓「地獄雲霄飛車」運轉的小丑是個大胃王，容易肚子餓，實在很傷腦筋。話說回來，如果沒有燃料，這些遊樂設施當然就無法運轉。為了讓想玩地獄雲霄飛車的客人玩得開心，替大胃王小丑準備飼料，也是我身為老闆的工作之一。

3 陰君子爆米花

太不爽了！

二十四歲的蘭心浮氣躁的看著旁邊的辦公桌。同事琴子正坐在自己的辦公桌前講電話，可能正在和客戶討論工作，她的臉上露出了柔和的笑容。

琴子和蘭同一年進公司，工作能力很強，而且很機靈，個性親切開朗，客戶也都很喜歡她。

但是，琴子整天面帶笑容，讓蘭感到很不高興。蘭也搞不清楚自己為什麼這麼生氣，如果硬要說一個理由的話，應該就是琴子看起來很幸福，大家都很喜歡她這件事讓蘭很火大。

即使下班之後，蘭仍然感到悶悶不樂，和好朋友志緒理一起在咖啡店喝咖啡時，也忍不住抱怨。

「大家都腦筋不清楚，越是這種滿面笑容的人，內心往往越是陰險，不知道在打什麼壞主意。只有我不會上她的當，總有一天，我要拆穿她的假面具。」

「你別再說了。」

蘭發著牢騷，志緒理忍不住勸她。

「我們難得下班後能聚在一起喝咖啡，但你最近整天都在說那個同事的壞話。」

「因為……她真的讓我太火大了。」

「你整天想著自己很火大，結果就會越來越火大。我認為你差不多該放下了，我覺得你的個性越來越討厭，也許是因為工作壓力太大，但我還是希望你恢復以前的樣子。而且我聽你說了之後，覺得那位同事並沒有像你說的那麼壞。」

「什麼嘛！連你也說這種話嗎？你還算是我的朋友嗎？」

「你在說什麼啊？正因為我們是朋友，所以我才會勸你啊。看不慣別人，只會讓自己的心情更糟，你不必在意她，應該努力想辦法讓自己快樂起來。」

但是，志緒理的忠告更激怒了蘭。

「竟然無法理解我的心情，你才不是我的朋友！從今天起，我要和你一刀兩斷，再也不想看到你，你也不要再打電話給我了！聽到了嗎？」

「喂！蘭！」

志緒理想要攔住蘭，但她一把推開志緒理，氣鼓鼓的衝出了咖啡店。

「為什麼每個人都讓我這麼生氣！」

蘭完全沒有發現自己搞錯了生氣的對象，只是越想越憤怒。這時，一個奇怪的男人出現在她面前，彷彿是蘭內心的煩躁吸引了那個男人出現。

這個名叫怪童的男人看起來就很可疑，簡直就像是惡魔的化身。但是，當怪童邀請蘭：「要不要去『天獄園』遊樂園玩」時，她決定接受邀約。一方面也是因為剛才和志緒理吵了架，她想要去遊樂園散散心。

「如果他打算帶我去奇怪的地方，我馬上用手機報警就好。」但是，蘭的從容並沒有維持太久。因為怪童在轉眼之間就把她帶到遊樂園門口，簡直就像在變魔術。

到底發生了什麼事？蘭忍不住驚叫起來：

「這、這是魔法嗎？」

「嘻嘻嘻，不需要這麼驚訝，夜晚的黑暗充滿了魔力，來吧來吧，希望你玩得開心點。你用了剛才我給你的那張試玩券之後，我就會去接你回家。在此之前，你可以慢慢玩。嘻嘻，只要聰明的使用試玩券，一定可以讓你充分發洩內心的怨氣。」

蘭覺得怪童的笑容很可疑，但還是走進了「天獄園」。這是她第一次晚上來遊樂園，也許是這個緣故，她覺得遊樂園內所有的一切，都散發出和現實世界有點落差的感覺。各種遊樂設施看起來都很陌生，但又同時具備了令人怦然心動的魅力。

蘭在遊樂園內慢慢逛著，覺得自己好像闖入了異世界。她憑本能知道，現在是很特別的一刻，一定是用金錢也無法買到的時間。既然這樣，就一定要慎重的使用那張試玩券，絕對不能著急。

「唉，我不想回家，也不想思考工作的事，真希望一直待在這裡……只要我不使用這張試玩券，應該就可以一直留在這裡吧？」

正當蘭這麼盤算時，一股香噴噴的味道飄進了她的鼻子。

太香了，太美味了！

她忍不住用力吸了一口氣，覺得自己的胃被緊緊抓住了。

「逃不掉了。」

蘭的腦海中閃過這句話。但是，這句話很快就消失了，她滿腦子只想尋找到底是從哪裡飄出這股香噴噴的味道。

香氣來自一家小店。這家蘑菇外形的店外面漆上鮮豔的紫色和銀色，店內的牆壁上有滿滿的貨架，貨架上陳列著各式各樣的小盒子，和裝滿糖果的小瓶子。

一個八歲左右的少女坐在深處的櫃臺後方。少女戴著小黑貓面具，遮住了她一半的臉，一頭深藍色的頭髮剪成妹妹頭，雪白的皮膚，嘴巴就像彼岸花一樣鮮紅。她穿了一件黑色洋裝，戴著三角形帽子，一身魔女的打扮。黑貓面具下露出的臉好像洋娃娃一樣可愛，但看起來就不懷好意。

蘭和這位少女對上眼時，少女伸出小手，向蘭招呼道：

「小姐，請進來。」

少女說話的聲音竟然像老太婆一樣沙啞，和她的外表完全不相符，讓蘭大吃一驚。

「才不要。」蘭不由得這麼想。這個少女渾身散發著一種危險的感覺，最好不要靠近她。

但是，蘭的身體卻不由自主的走進了蘑菇屋，好像有一股無形的力量把她拉了進去。

少女咧嘴一笑，那完全就是魔女般的笑容。

「歡迎你來到『溵溵的糖果屋』，如果想買惡意的伴手禮，這裡的商品最齊全，保證能夠讓你滿意。」

澱澱的糖果屋
DarkneSS Candy

「惡、惡意的伴手禮？」

「簡單的說，就是買給討厭的人的伴手禮。你應該也有一、兩個超討厭的對象吧？是不是希望他們變得不幸？這裡的商品可以為你實現這種願望。」

「……」

「比方說，那個紅色的瓶子，裡面裝的是『惡夢果醬』，吃了這種果醬之後，就會整天做惡夢。瓶子上面綁了漂亮的蝴蝶結，顏色也很漂亮，收到禮物的人，絕對是做夢也想不到那竟然是充滿惡意的禮物。還有這款『蛀牙雪餅』超好用，只要給對方吃了之後，自己的蛀牙就會跑到對方身上，而且蛀牙外形的雪餅，不是很有巧思嗎？還有這款『窮鬼口香糖』，也是我大力推薦的商品，因為一旦吃下之後，就會被窮鬼纏上，很快就變成窮光蛋了。」

少女喋喋不休，得意的介紹著自家的商品。她所說的內容令人難以置信，但蘭並不認為她在信口開河。

如果這個少女說的話屬實……那就太棒了，無論如何都要讓討厭的琴子吃到這些零食。

蘭「咕嚕」一聲吞下口水，環顧著店內，她覺得架上每一款點心都很迷人，她都很想買。

蘭覺得自己根本無法挑選，於是問顧店的少女：

「我想要買一款保證可以讓收到禮物的人不幸的點心，你推薦哪一款？另外，我可以用這張券購買嗎？」

蘭出示了怪童給她的試玩券，少女的雙眼亮了起來，那種帶著寒意的眼神讓人心裡發毛，蘭不由得感到害怕。

但是，少女立刻露出親切的笑容說：

「當然可以用這張券買，原來你是受到邀請來這裡的客人，既然這樣，有一款零食太適合你了。」

少女遞上一個大紙杯，紙杯裡裝了滿滿的爆米花。杯子上方用一個透明的塑膠蓋子罩住，以免爆米花掉出來。

乍看之下，就像是其他遊樂園賣的、普通的爆米花。

但是，蘭就像被雷打到一樣，站在原地無法動彈。

這杯爆米花絕對具備某種力量，而且是會把一切拉進黑洞般的那種強大力量。她屏住呼吸，雙眼緊盯著那杯爆米花。

「這是『陰君子爆米花』。」

少女用嫵媚的聲音對愣在原地的蘭輕聲介紹。

「無論是多麼親切善良的好人，只要吃了這種爆米花，就會變得充滿陰氣。」

「陰氣……」

「沒錯，會變得卑鄙無恥、陰險狡詐，成為大家都討厭的人。怎麼樣？你是不是想讓你討厭的傢伙得到這種教訓？」

少女甜美的呢喃，就像毒汁一樣慢慢滲進蘭的心裡。

蘭忍不住露出笑容，覺得這種爆米花太有意思了。

個性溫柔、總是面帶微笑的琴子，如果變成一個整天說別人壞話的人，那就太棒了！

這款「陰君子爆米花」一定可以做到，因為蘭可以明確感受到爆米花具備這種力量。

同時，蘭的腦海中也浮現了志緒理的臉。如果志緒理聽到剛才自己和少女的對話，不知道會說什麼？她一定會一臉嚴肅的說：「不要買這種東西比較好。」

哼！志緒理每次都這樣，總是一副乖巧樣，完全不理解自己的心情，整天對自己說教。以前還很喜歡這樣的志緒理，但現在只讓人覺得火大。

蘭在心裡對志緒理吐著舌頭，並朝著少女用力點頭說：

「我就買這個。」

「這是聰明的決定，那你就把這杯爆米花帶回家吧。」

蘭把試玩券交給少女，接過那杯爆米花，便轉身離開了。不知道為什麼，她一走出糖果屋，就來到了「天獄園」門口。

怪童以一臉不懷好意的笑容等在那裡。

「咦？」

蘭驚訝不已，怪童輕快的走到她面前。

「嘻嘻嘻，你在我的『天獄園』玩得高興嗎？有沒有買到讓你心情爽快的東西？」

「嗯、嗯嗯，是啊。」

「那就太好了，現在該回家了。」

蘭聽到要回家了，突然有一種失落的感覺。

她並不後悔沒有用那張試玩券去玩遊樂設施，因為她對自己買到了「陰君子爆米花」感到很滿意，但是想到就這樣結束了，還是有點依依不捨。

蘭這麼想著，回頭一看，這次真的說不出話了。

因為「天獄園」竟然慢慢消失了，就在蘭的眼前，慢慢消失在夜晚的黑暗中，歡樂的音樂和嘈雜聲都逐漸遠去。

蘭急忙想要追上去，怪童制止了她。

「我剛才不是已經說了嗎？現在該回家了。」

「……」

「呵呵呵，請不要露出這麼難過的表情，別擔心，根據我的判斷，你很快就會再回到『天獄園』。」

「你的意思是，下次還會邀請我來玩嗎？」

「嘻嘻嘻，這就不好說了。總之，現在先回家吧。」

怪童拿下了頭上的魔術師帽，放在蘭面前。

下一剎那，蘭就發現自己站在公寓附近的公園內。而且只有她一個人，怪童已經不見蹤影。

雖然今晚的一切都像在做夢，但是蘭手上留下了確實去過「天獄園」的證據，因為她雙手正捧著「陰君子爆米花」。

蘭突然覺得自己拿著見不得人的東西，於是把裝了爆米花的杯子藏在身後，匆匆跑回了公寓。她回到家中鎖好門，才終於放下心。

「陰君子爆米花……」

明天就帶去公司，讓琴子吃下去。只要對琴子說：「這是伴手禮，謝謝你平時一直照顧我。」琴子一定會毫不遲疑，開心的吃下去。她吃完之後，不知道會變成什麼樣子。

蘭越想越期待，忍不住眉開眼笑。

「但是，直接拿這個杯子給她，不太像伴手禮。我記得有一個差不多大小的可愛紙袋。咦？我放在哪裡？」

當她起身想要找那個紙袋時，手不小心碰到了爆米花的杯子。

「啪」的一聲，杯子倒在桌子上，原本罩在紙杯上的蓋子掉了下來。房間內頓時瀰漫著爆米花的香氣，奶油和牛奶糖香香甜甜的味道撲鼻而來，讓蘭感到有點昏昏沉沉。

太香了！蘭的口水都快流下來了，她慌忙摀住了嘴。

「不妙！必須趕快把掉出來的爆米花放回杯子裡，並趕快把蓋子蓋起來。」

雖然她這麼想，但身體無法動彈，雙眼緊盯著爆米花。

「看起來好好吃！我想吃！我一定要吃！」

蘭突然產生了無法克制的食慾，簡直就像有什麼小怪物在她的胃中搗亂，只有吃下眼前的爆米花，才能夠平息那些小怪物。

「啊，不行！我在想什麼啊！這是要給琴子吃的！」

蘭費了很大的勁，才終於按住了伸向爆米花的手。

「如果我吃了，不就會變成惡劣的人嗎？不行！絕對不能吃！」

然而，當她回過神時，發現自己好像在說夢話般，不停的說著「不行不行」，但手上的紙杯已經空了。

「不會吧！」

蘭慌忙在桌上尋找，接著又找遍了整個房間，卻完全沒有看到爆米花的影子，但嘴裡有濃郁的味道。那是令人陶醉的美味。她忍不住用舌頭舔著嘴巴，終於又再次回過神，然後嚇得臉色鐵青。

沒錯，蘭闖禍了！她竟然在不知不覺中，把「陰君子爆米花」吃光了。

「慘了！我、我會變成、什麼樣？這下真的慘了，爆米花也未免太好吃了，早知道應該好好品嚐……不，這不是重點！啊啊，我該怎麼辦？」

蘭既緊張又懊惱，同時又感到害怕，那天晚上，她完全沒有辦法闔眼。

隔天早上，蘭膽戰心驚的去公司上班，卻發現自己和別人相處起來，跟平時沒什麼兩樣。

她依舊面帶笑容，親切的接待客戶，然後和同事聊一些無關緊要的話題。

蘭發現自己和平時沒什麼兩樣，暗中鬆了一口氣。

「太好了！其實仔細一想，就知道這個世界上怎麼可能有爆米花會讓人的個性變差？我真是太傻太天真了，竟然會相信那種推銷的話術。」

蘭在鬆一口氣的同時，也覺得肚子餓了。這才想起她今天沒有吃早餐，難怪會覺得餓。

但是，她咬了一口巧克力，卻差一點吐出來。巧克力竟然完全沒有味道，吃起來就像在啃黏土。

她感到很噁心，慌忙把巧克力吐了出來。

「這是怎麼回事？難道過期了嗎？真是討厭！」

她嘀嘀咕咕的抱怨著，喝了一口咖啡，發現咖啡也完全沒有味道。

在蘭為這件事陷入混亂的同時，肚子變得越來越餓。

蘭終於餓得受不了，於是溜出公司，衝進了平時喜愛的西餐廳，點了她最愛的蛋包飯。

沒想到結果還是一樣，蘭只吃了一口，就再也吃不下去。

「這不是我想吃的！」

明明肚子很餓，但蘭無論吃什麼，都覺得很難吃。正確的說，她感到身心都很不滿足。

「怎麼會這樣？我到底怎麼了？」

到底吃什麼，才會覺得美味可口？

蘭在腦海中浮現這個問題的同時，立刻想到了爆米花。加了大量奶油和牛奶，鹹鹹甜甜、口感濃郁的爆米花。

沒錯，就是爆米花！

蘭壓根忘記要回公司上班，去便利商店買了各種口味的爆米花，回到了公寓。

但是，所有的爆米花都不是她想找的那種味道，蘭想要吃的就是昨天那種「陰君子爆米花」。

「我想吃……我還想吃，只要一口就好。我必須吃那種爆米花，我要去找『天獄園』。」

蘭失魂落魄的走出公寓，發現遊樂園的老闆怪童就站在門口。

「小姐，我正在等你。」

蘭已經無心思考怪童為什麼會在這裡，根本毫不懷疑，一點也沒有感到奇怪。她跑到怪童身邊向他求救。

「求求你！求求你帶我去『天獄園』！我想要吃那裡的『陰君子爆米花』。如果吃不到那種爆米花，我就會死！我會死掉！」

蘭大叫著，怪童露出嘲笑低頭看著她。

「嘻嘻嘻，我並不意外，因為像你這種人吃了那種爆米花，絕對會變成這樣的後果。」

「像我這種人？」

「對，看來溵溵並沒有向你仔細說明。遇到原本內心黑暗、充滿陰氣的人，『陰君子爆米花』就無法發揮原本的效果。」

「你是說，我這個人個性很卑劣的意思嗎？」

「是啊，我雖然不了解以前的你，但現在絕對是個性扭曲的人。當你買下『陰君子爆米花』的那一刻，這件事就更加確定了。我反而很驚訝，你自己竟然沒有察覺這件事。」

「……」

「總之，像你這種人吃了『陰君子爆米花』，就會出現另一種效果，你會對『陰君子爆米花』上癮，無止境的想吃爆米花，正如這

款零食的名字，陰君子就是暗喻癮君子，吃了就會上癮。」

「怎麼會這樣……？」

蘭無力的癱在地上，怪童笑著探頭看向她的臉說：

「嘻嘻嘻，只要你願意，我可以每天無限供應『陰君子爆米花』給你吃。」

「真、真的嗎？」

「當然不是免費供應，你必須在我的遊樂園工作，成為那裡的工作人員。穿上玩偶裝表演節目，或是搬運禮品，在園區內打掃。反正那裡有做不完的工作，雖然全年無休，但絕對可以讓你開懷大吃

『陰君子爆米花』。」

「……」

「還是你打算放棄？要放棄爆米花，繼續目前的生活嗎？問題在於你做得到嗎？」

當然不可能做到。蘭在和怪童說話的期間，腦袋裡也一直想著「陰君子爆米花」。自己絕對無法克制這種食慾，「陰君子爆米花」比這個世界上的任何一切更重要，只要能夠吃到這種爆米花，所有的事蘭都可以忍耐。

「趕快給我『陰君子爆米花』！為了它，要求我做任何事都沒有問題。」

蘭很想大聲呼喊，然而，就在這時，有人從馬路遠處跑向她。

「蘭！」原來是好朋友志緒理。

「你怎麼了？為什麼蹲在地上？身體不舒服嗎？」

「志緒理……你怎麼會來這裡？」

「因為我想和你和好，我不希望那天吵架之後，我們就從此不再是朋友了。到底怎麼了？你的臉色發青，你認識這個人嗎？」

志緒理很關心蘭，擋在一臉不懷好意的怪童面前，想要保護她。蘭看到了志緒理的態度，忍不住熱淚盈眶。

「蘭，你為什麼哭了？如果是身體不舒服，我馬上叫救護車。要不要去醫院？」

「不，去醫院也沒用。對不起，我錯了，你說得對。但是，現在已經來不及了……」

「什麼來不及了？你振作起來！我該怎麼幫你？告訴我，我該做什麼？只要我能夠做到，我會全力幫助你。」

「不行，我肚子很餓……快、快餓死了。」

「肚子？你很餓嗎？哇，你怎麼了？不要翻白眼！」

志緒理一邊大叫著「你振作起來」，一邊抓著蘭的肩膀拚命搖晃，但是，蘭的意識漸漸模糊，因為她實在太餓，餓得快瘋了，必須趕快答應怪童，趕快吃到「陰君子爆米花」。

蘭推開志緒理，再次面對怪童。但是，志緒理並沒有放開蘭。

「如果你肚子餓，那就先吃這個充一下飢！」

志緒理大聲叫著，把什麼東西塞進了蘭的嘴巴。

這是白費力氣，蘭無力的想。除了「陰君子爆米花」，她無論吃什麼都不會覺得好吃。

沒想到……

「真好吃！」

蘭發現一股柔和的甜味在嘴裡擴散，她驚訝萬分，忍不住用力咀嚼，然後吞了下去。她可以察覺到凶猛的飢餓感漸漸平息，原本混亂的腦袋也慢慢冷靜下來。

「哼！只差一步！」

蘭似乎聽到怪童語帶惋惜的這麼說。

蘭有一種從夢中驚醒的感覺，她抬起頭，只看到志緒理，怪童已經不知去向。隨著怪童消失，「陰君子爆米花」的作用也消失了，自己應該不會再承受成癮般的痛苦了。

蘭清楚感受到這一點，注視著志緒理。

「志緒理……你剛才塞進我嘴巴的是什麼？」

「是杯子蛋糕，我親手做的，想要和你言歸於好。你沒事吧？如果你還是肚子餓，我們去吃點東西，我可以請客。」

「不，我想、應該、沒事了……我想應該是你救了我。……謝謝你，真的很謝謝你。」

「雖然我不知道發生了什麼事，但我要先說不客氣。」

志緒理說完，緊緊抱住了啜泣的蘭。

「陰君子爆米花」，對個性卑劣的人來說，無疑是最糟糕的零食。因為只要吃下一顆爆米花，就會像中了邪一樣，願意為了不停的吃爆米花，付出任何代價，所以想要招募勤快的員工時，只要讓內心陰暗的人吃下「陰君子爆米花」，馬上就搞定了。只要對他們說可以無限供應爆米花，他們就願意拚命工作。

只不過「陰君子爆米花」有一個缺點，一旦上癮的人吃到真正關心自己的人帶來的食物，效果就會消失。唉，如果沒有這個缺點，這次又可以找到一個免費勞工。嗯，下次要請澱澱改良一下。

澱澱是誰？她原本開了一家名叫「倒霉堂」的點心店，但後來發生了很多事，她只好把那家店收起來。於是我就問她，要不要來我的遊樂園開店？雖然澱澱才來「天獄園」不久，但已經完全進入狀況了，她也打扮成可愛魔女的樣子，每天似乎都很開心。總之，以後要請她研發更多、更厲害的零食，讓她的點心店生意興隆。

4有一家神奇柑仔店

在一條不知道是哪裡的小巷深處，有一家小型柑仔店，上面掛著「錢天堂」的漂亮招牌，是一家有著濃濃懷舊感的柑仔店。來到這家店的人，看到店內的無數商品，都會感到瞠目結舌。

像是「滿滿蛋糕」、「忍者薑片」、「占為雞有炸麻糬」、「雞婆烤蘋果」、「無效水」、「垂涎西打」、「炫耀餅乾」、「急驚風麻糬」、「相親相愛紅蕪菁」、「媽媽面具」、「睡眠撲滿」、「忍耐鉛筆」。

總之，這家柑仔店內有許多迷人的零食和玩具。

柑仔店的老闆娘叫紅子，她個子高大，有一張豐腴的臉，看起來既像是很年輕，又像是已經上了年紀。紅子臉上總是帶著從容的表情，穿著一件印有古錢幣圖案的紫紅色和服，像雪一樣白的頭髮上，插了許多玻璃珠髮簪。

某天早晨，紅子吃完早餐後，邊喝茶邊看報紙。她通常會在開門做生意之前為自己安排片刻放鬆的時間，這是紅子的習慣。

「啊，今天的茶也很好喝。好好放鬆一下，才能活力滿滿的工作一整天，這樣才算是張弛有度，達到平衡。咦？」

紅子的雙眼盯著報紙上的一篇報導。

「神祕遊樂園的真面目？十日，有多位民眾目擊，在某某縣某某鎮突然出現了一個像是遊樂園的地方，連氣象專家也無法確定這個遊樂園像海市蜃樓般出現的原因，為此傷透腦筋……啊呀啊呀，『天獄園』似乎又重新開張了，原本停業多年，我還以為怪童要從此關門大吉了……看來心想未必事成啊。」

紅子喃喃自語著，立刻聽到七嘴八舌的「喵喵」聲。「錢天堂」的店貓墨丸和許多金色招財貓全都聚集過來，看著紅子手上的報紙。

其中一隻招財貓眼珠骨碌碌的轉動，抬頭看向紅子叫了一聲：

「喵嗚。」

「什麼？你想去『天獄園』看看？小珀，我勸你還是打消這個念頭。只有住在黑暗世界的人，去那個遊樂園才會感到高興，即使怪童提出邀請，你也千萬不可以接受。因為不知道在那裡會遇到什麼可怕的事。」

「嗚喵？」

「對，怪童的邀請非常可怕，聽說他經常四處發放試玩券，但其實別有用心。總之，即使重新開張，『天獄園』內還是充滿可怕的東西，而且澱澱現在也在那裡工作，千萬不要去那種可怕的地方。」

紅子露出難以形容的眼神低頭看著報紙。

「因為那個遊樂園雖然看起來像天堂般歡樂，但其實是通往地獄的地方。」

招財貓聽了紅子的話，都嚇得瑟瑟發抖。墨丸也緊緊靠著紅子，用身體在主人身上磨蹭。

紅子露出微笑，摸著墨丸的頭說：

「哎呀哎呀，我似乎嚇到你們了。一大早就說這種不吉利的事，真是不好意思。這個話題就到此為止，休息時間差不多該結束，要開門做生意了。招財貓也該去做各自的工作了。」

「喵啊啊啊！」招財貓很有精神的回答後，都紛紛跑了出去。

紅子對還在撒嬌的墨丸說：

「墨丸，今天不知道是哪位幸運的客人上門？真期待啊。」

紅子抱起墨丸，「嘿喲」一聲站了起來。

5 黛比夫人的占卜帳篷

傍晚時分，中學三年級的學生彩櫻，低頭看著書包裡的禮物。這個用漂亮的銀色包裝紙包起來，繫上橄欖色緞帶的禮物是她精心準備，要送給補習班同學阿學的生日禮物。

「今天是阿學的生日，我要把這個禮物送給他，向他告白！」

阿學外形帥氣，數學很厲害，女生都很喜歡他，而且聽說他還沒有女朋友。

彩櫻決定主動出擊，其他女生應該也都很想成為阿學的女朋友，所以自己必須搶先採取行動。

雖然彩櫻已經下定了決心，但其實內心仍然很焦慮。不知道阿學會說什麼，如果他說：「不好意思，我不能和你交往。」那該怎麼辦？只要能提前知道結果，就不會這麼不安了。

距離補習班越來越近，彩櫻的決心開始動搖，也越來越膽怯，她甚至開始覺得，不如乾脆放棄告白。

這時，一個男人站在彩櫻面前。他戴著黑絲綢魔術師帽，身披黑色斗篷，個子很高，鬍子和頭髮都紅得像草莓。在太陽漸漸西沉的天空下，男人在地上拉出的影子又細又長，看起來有點可怕。

彩櫻嚇得輕輕叫了一聲，男人露出笑容，優雅的向她鞠了一躬。

「不好意思，我無意嚇你，但是我覺得你的氣質很適合來我的遊樂園，所以無論如何都想邀請你。」

「遊、遊樂園？」

「對，名叫『天獄園』，那可是一個歡樂的地方。啊！忘了告訴你，我是『天獄園』的老闆怪童，怎麼樣？有沒有榮幸邀請你去試玩？你看，這是試玩券，可以免費試玩一項遊樂設施，或是兌換一件伴手禮。」

彩櫻差一點發出冷笑聲。這個人一看就很可疑，現在怎麼可能還有中學生會上這種人的當？

彩櫻決定不理他。

沒想到當她回過神時，發現自己接過了那個叫怪童的男人遞給她的銀色門票，然後又在轉眼之間，來到了在黑夜中發出閃閃亮光的遊樂園門前。

因為眼前發生的這一切實在太離奇，所以彩櫻忍不住覺得：

「啊，這是在做夢，所以沒問題。」

「我一定是在搭公車去補習班的路上睡著了……既然是做夢，那就乾脆盡情的玩一玩。」

「就是啊，來來來，趕快去玩吧。」

怪童滿面笑容的從背後推著彩櫻，走進了遊樂園。

這座名叫「天獄園」的遊樂園內有很多有趣的東西。

雲霄飛車和鬼屋傳來了驚聲尖叫；旋轉木馬和摩天輪發著光，不停的旋轉；打靶區排放著顏色鮮豔的氣球和五顏六色的獎品。

而禮品賣場的商品琳琅滿目，在其他地方都看不到的玩具、絨毛娃娃和點心堆得像山一樣高。

彩櫻的目光忍不住被吸引，最後終於看到了最吸引她的東西。

RabbitS
PopCorn

那是一頂紫色的小帳篷，招牌上寫著「黛比夫人的占卜帳篷」幾個字，上面還掛著閃爍的彩燈。

「既然是占卜帳篷，就代表可以為我占卜？搞不好可以知道我和阿學的事。」

彩櫻很想知道未來，即使是在夢裡也沒關係，而且她希望可以增加自己告白的勇氣，便帶著這樣的心情走進了帳篷。

帳篷內光線昏暗，淡淡的飄著帶有異國情調的香氣和煙霧。天花板上掛著五彩繽紛的蛇標本，腳下堆放著假的白色骷髏，蜘蛛網裝飾品看起來像是銀色的簾子。

一個女人坐在帳篷內，煙霧繚繞在她的身邊。女人穿著一身紫色衣服，手腕上戴著鈴鐺首飾，發出叮叮噹噹的聲音，脖子上掛了好幾條紅色和銀色的項鍊。她的臉上罩著有滿滿銀色珠子的黑色面紗，讓人看不清她的臉。

彩櫻有點膽怯，女人用溫柔的聲音對她說：

「歡迎光臨，請問你來找黛比夫人，是想要占卜什麼事？」

「呃……我想知道自己的未來。」

「喔喔，很棒的好奇心。沒問題，沒問題，我的千里眼一定能夠讓你滿意。但是，我不能免費為你占卜，可以請你先結帳嗎？」

「結帳？可以用這張門票嗎？」

彩櫻出示了怪童給她的試玩券，黛比夫人驚訝的倒吸了一口氣，然後深深一鞠躬說：

「真是太失禮了，原來你是特別的……既然這樣，那我就做好心理準備為你占卜。來來來，請坐下。」

彩櫻戰戰兢兢的在地毯上坐了下來，黛比夫人拿出一顆很大的水晶球。不知道是否藏了什麼機關，有一顆如細砂般大小的光點在水晶球內飛來飛去，就像一隻螢火蟲被關在裡面。

彩櫻忍不住探頭看向水晶球，黛比夫人甜美的聲音從她的頭頂上傳來。

「沒錯，就要這樣專心看著水晶球。……那我就來看看你的未來，你目前最想知道什麼事？」

「呃……我等一下打算向喜歡的男生告白，所以我想知道會不會成功？」

「喔，原來是戀愛諮詢！太浪漫了，那我就來為你占卜一下。」

黛比夫人用很戲劇化的動作，把手放在水晶球上，細長的手指像蛇一樣扭來扭去。

這時，水晶球內的光點突然變成了兩個。

彩櫻大吃一驚，黛比夫人興奮的告訴她：

「結果很理想。」

「所以，我、我會成功？」

「對，對方會欣然接受你的告白。」

「哇！真的嗎？太棒了！」

彩櫻開心的拍著手，然後仔細打量著水晶球，和坐在水晶球後方的黛比夫人。黛比夫人應該可以占卜很多事吧？

這麼一想，彩櫻就更想知道自己的未來。

「請問我和他的感情會順利嗎？阿學會不會喜歡其他女生，或是

交往一陣子後就討厭我？」

「這是第二個問題，所以要付追加的費用，可以嗎？」

「會很貴嗎？」

「像你這麼年輕的人，會覺得沒什麼價值。」

雖然黛比夫人的話聽起來很神祕，但彩櫻完全不在意。聽起來並不是很貴，而且她反正是在做夢，醒來之後，根本就不用支付什麼追加費用。

所以她點了點頭，說：

「好，我會支付，請你幫我占卜一下。」

「好的，那我就來看一下。」

黛比夫人再次扭動手指，水晶球內又多了一點光。

「怎、怎麼樣？」

「……那個男生很專情，他這輩子只愛你一個人。」

「真的嗎？太棒了！那、那……所以我們最後會不會結婚？」

「這是第三個問題。」

「好啦！我會付追加的費用，請你趕快為我占卜！」

「你說了算。」

彩櫻越來越著迷，問了一個又一個問題。每聽完一個答案，又想到了新的問題，而且無論她問什麼，黛比夫人都能對答如流的說出答案。

她會在二十四歲時結婚，結婚對象當然是阿學。

他們會有兩個孩子，一個兒子和一個女兒。

三十五歲的夏天，會有溺水的跡象，要遠離河流和大海。

三十九歲時，終於如願買了一棟透天厝。

四十二歲時，他們的小孩會在寒假滑雪時發生意外，要避免去滑雪。

如果想養寵物，養狗比較理想，不可以養貓。

當彩櫻回過神時，水晶球內已累積了滿滿的光點，簡直就像耀眼的太陽。

這時，彩櫻才發現自己很疲累。一定是因為一直坐在昏暗的帳篷內，緊盯著明亮光線的關係。她覺得眼花，頭也很痛，渾身懶洋洋。彩櫻已經問完所有想問的事，那就再問最後一個問題。

彩櫻揉著眼睛，提出了留到最後的問題。

「請問……我可以活到幾歲？」

「啊啊，」黛比夫人發出了感慨的聲音，「小姐，你終於問了這個問題！」

「啊？請問不可以問這個問題嗎？」

「不不不，完全沒這回事！我就在等你問這個問題，因為這個問題，才是我最大的報酬。」

「啊？」

「年輕人不了解時間的寶貴，所以滿不在乎的浪費時間。……你可以永遠活下去，在我身邊永遠活下去。」

彩櫻聽到黛比夫人帶著惡毒的聲音，察覺到危險，想要站起來，然後……

當彩櫻回過神時，發現自己站在熟悉的馬路上。傍晚時分，天色已經漸漸昏暗下來。

彩櫻一時有點混亂。為什麼？自己怎麼會在這裡？剛才好像在其他地方。

奇怪的是，這種不對勁的感覺和混亂都慢慢消失，彩櫻想起了更重要的事。對了，等一下要去向暗戀已久的阿學告白。

「絕對沒問題，一定會成功。而且我們一定會結婚。」

二十四歲時結婚，結婚對象當然是阿學。

會有兩個孩子，一個兒子和一個女兒。

三十五歲的夏天，會有溺水的跡象，要遠離河流和大海。

三十九歲時，終於如願買了一棟透天厝。

四十二歲時，他們的小孩會在寒假滑雪時發生意外，要避免去滑雪。

如果想養寵物，養狗比較理想，不可以養貓。

這些畫面不停的閃過彩櫻的腦海，她突然有一種奇妙的感覺，未來接連出現在腦海中，讓她感到害怕。

「……我好像一次又一次體驗了相同的人生。」

這到底是第幾次的人生？

彩櫻歪著頭感到納悶，但還是前往補習班，準備去見阿學。

「黛比夫人的占卜帳篷」，能夠預知未來的占卜，向來都很受歡迎，而且黛比夫人的占卜真的是百發百中。其實並不是黛比夫人具有預知未來的能力，而是那顆水晶球。因為那顆水晶球吸收了好奇心旺盛的人的靈魂作為自身能量，所以當然能夠預知未來。什麼？被水晶球吸走的靈魂會怎麼樣？當然就是被關在水晶球內，一直重複體驗著相同的人生。從某種意義上來說，也算是獲得了永生。只不過在現實世界中，這些人會變成失蹤人口。

但是，如果提前知道未來的一切，人生反而會變得很無趣。那個女生如果只問第一個問題，就可以順利離開「天獄園」。話說回來，我就是認定她是這樣的人，所以才會邀請她。嘻嘻嘻！

6 丟人旋轉木馬

啊啊，快喘不過氣了。祐一動作粗魯的鬆開了脖子上的領帶。

這一陣子，他無論做任何事都很不順。

今天工作上又出了差錯，主管當著祐一的面嘆氣。年終獎金每年都在減少；以前每個星期都很期待和一起釣魚的朋友聚餐，現在也必須忍耐。

但是，即使回到家裡，祐一也無法好好休息。

妻子芽子整天都對他冷言冷語。即使祐一主動和目前正在就讀中學的兒子昇一說話，兒子也總是很不耐煩的回一聲「嗯」或「不是啦」，完全不把他放在眼裡，讓祐一的壓力越來越大。

今天是祐一的五十一歲生日，但家人一定不記得他的生日。自己活在這個世界上，每天工作到底是為了什麼？他越來越搞不懂，也為自己感到悲哀。

早知道還不如一輩子單身，把時間和金錢都花在自己身上，日子一定可以過得很輕鬆，也很開心。

最近祐一每天都在想這件事，內心充滿了後悔，也感到越來越不滿。

然而，其實祐一才是造成這種情況的罪魁禍首。祐一是個很自私、自戀的人，他不願意付出努力，卻嫉妒比自己能幹的人，明明是他能力無法做到的事，他仍然會不負責任的插手，一旦發現不妙，就立刻退縮，造成別人極大的困擾。

祐一對家人也一樣。只有心情好的時候才理會家人，心情差的時候，他對家人的態度就很冷淡，或是對家人發脾氣。這種以自我為中心的人，當然不可能得到家人的信賴和愛。

但是，祐一完全沒有察覺這件事，總是為自己的不幸嘆息，怨恨周圍的人都對自己很冷淡。

他不想回家，所以這一陣子經常在晚上到公園滑手機，打發時間。其實祐一想去咖啡店或是家庭餐廳打發時間，只不過他身上沒錢，無法這麼奢侈。

祐一覺得自己很可憐，也為自己感到哀怨。

「唉，真希望人生可以重來！」

他站在自動販賣機前嘆著氣，正準備買熱咖啡時，一個男人從暗處來到他面前。

那個男人一身黑衣，身高應該超過兩公尺，簡直就像是在黑夜中從天而降。他戴著魔術師帽，所以看起來更高了。男人披著黑色斗篷，手上戴著白手套，鬍子和頭髮的顏色就像是熟透的草莓，看起來很奇怪。

「嘻嘻嘻，先生，晚安。」

男人自來熟的向祐一搭訕。祐一覺得自己被奇怪的人盯上了，雖然內心感到害怕，但還是狠狠瞪著這個男人。

「你找我有事嗎？」

「是啊，我叫怪童，是『天獄園』遊樂園的老闆。我的遊樂園與眾不同，只在晚上營業，而且很受客人好評，但我並沒有感到滿足，隨時都在思考各種新的點子和服務項目，努力讓遊樂園變得更好玩，讓客人更能夠樂在其中。所以……」

怪童用誇張的動作，把一張發出銀色光芒的入場票券遞到祐一面前，說：

「所以我四處發送試玩券，邀請大家去『天獄園』玩，想要聽取不同的意見。我覺得你看起來不像是平常會去遊樂園玩的人，所以你的意見對我來說更加寶貴。怎麼樣？是否有榮幸邀請你去我的遊樂園玩一玩？」

「不，我……」

SPE GUEST
天獄園
TENGOKUEN

「你別這麼說嘛，拜託了，我相信你一定能夠玩得很開心，而且保證可以讓你的人生發生改變。」

「讓人生發生改變。」

這句話打動了祐一，他立刻動了心。果真如此的話，不知道該有多好。嗯，剛好最近心情很煩躁，那就答應這個男人的邀請。更何況，與其獨自一個人在夜晚的公園打發時間，還不如去遊樂園玩一下更好。

祐一點了點頭說：

「既然你這麼說，那我就去玩一下。」

「謝謝！真是幫了我大忙！」

怪童眉開眼笑，拿下了原本戴在頭上的魔術師帽，要求祐一看向帽子裡面。

祐一探頭看向帽子，一眨眼的功夫，就來到了大門前，門內就是遊樂園。

「來來來，你趕快去玩吧！任何遊樂設施，你都可以用這張試玩券免費玩一次，或是憑券購買一樣禮品。你一定會找到自己最想玩的遊樂設施，希望你充分考慮之後再挑選。」

祐一雖然對眼前發生的一切驚訝得目瞪口呆，但還是在怪童的催促下，走進了「天獄園」。

這座遊樂園有一種懷舊的感覺，看起來有點老舊，而且感覺很廉價，但有一種很適合夜晚的氛圍。所有的遊樂設施都裝上五光十色的燈飾，閃爍著亮光，看起來有點詭異，但也很歡樂。

祐一漸漸像小孩子一樣興奮起來。

仔細回想一下，自己有多少年沒有來過遊樂園了？記得最後一次，是在兒子昇一小學二年級的時候。當時祐一帶著昇一坐了恐怖型遊樂設施，結果昇一大哭起來。從那次之後，昇一就揚言：「我不要再和爸爸一起去遊樂園！」芽子也罵他：「你怎麼能讓昇一坐那麼可怕的設施？是你自己想玩吧！」祐一很生氣，決定從此再也不帶兒子去遊樂園。

「……別想了，別想了！既然已經來到這裡，就沒必要想起他們的事，把自己搞得不開心。」

祐一這麼告訴自己，決定忘記一切，好好享受這段奇妙的時光。怪童剛才說，這張試玩券只能玩一次，所以一定要挑選最好玩的遊樂設施。

「到底要玩什麼呢？還是去坐雲霄飛車？不不不，不必著急，我先好好參觀一下，再來挑選。」

雖然祐一這麼想，但他很快就發現了自己想玩的遊樂設施。那就是旋轉木馬。在歡樂的音樂聲中，一整排渾身鑲滿寶石裝飾的白色木馬正在等待遊客。

「小孩子才會喜歡玩旋轉木馬這種東西，大人坐在木馬上未免太丟臉了。」雖然祐一這麼想，但他的內心在吶喊：「不管別人說什麼，我都要坐！」他自己也有點搞不清楚是什麼狀況，為什麼旋轉木馬會這麼吸引自己？

他不知所措的站在那裡，這時，戴著狼面具的工作人員靠了過來。工作人員穿著縫上金扣子的紅色大衣，搭配白色褲子和黑色馬靴，看起來很神氣。

「先生，你要坐嗎？」

「呃，不不不，大人不會坐旋轉木馬吧？」

「沒這回事，『丟人旋轉木馬』因為有特別精采的設計，反而是大人才能充分體會其中樂趣的遊樂設施。」

狼先生的聲音聽起來很溫柔。

「精采的設計？」

「沒錯，這個『丟人旋轉木馬』可以按照遊客的希望，想旋轉多久就旋轉多久。」

「想旋轉多久就旋轉多久？所以我也可以一直坐在木馬上面不下來嗎？」

「對，而且每轉一圈，就可以刪除一個讓你感到不開心的人。」

「哈哈哈！太棒了！太夢幻了。我有很多討厭的人，那就讓它轉很多圈，把所有人都刪除。」祐一開玩笑的說道。

沒想到「狼」一本正經的點點頭說：

「好，請你務必這麼做。」

「……喂，你不可以這樣調侃人。」

「調侃？不好意思，我聽不懂你這句話的意思，我只是在向你說明『丟人旋轉木馬』的規則。」

狼先生手足無措的回答，祐一恍然大悟。

刪除讓自己感到不開心的人……是不是指坐在木馬上的時候，就可以刪除不愉快的記憶？如果真的有辦法做到呢？即使只是短暫的片刻，是否也可以體會一下幸福的感覺？

雖然不太相信有這種事，但祐一的內心還是湧起了想要一探究竟的欲望。

祐一終於下定了決心，說：

「我要坐。這是試玩券，給你。」

「好，那就請你坐上馬車。」

「馬車？不是坐在木馬上？」

祐一仔細一看，這才發現所有的馬背上都沒有馬鞍，根本無法騎在木馬身上。

旋轉木馬中只有一輛沒有車頂的馬車，車身塗成金黃色，整輛馬車上都鑲滿了超大顆的寶石，座椅是鮮紅色的天鵝絨，看起來特別豪華。

一整排木馬就像是珍珠項鍊般，用馬具連在一起，拉著那輛馬車。也就是說，旋轉木馬看起來更像是耶誕老人的雪橇，由許多木馬拉著這輛馬車。

普通的旋轉木馬，不都是讓遊客騎在木馬身上嗎？但是，這輛馬車卻只能坐一個人。只能一個人坐的旋轉木馬，未免太奇特了。祐一雖然感到奇怪，但還是坐上了馬車。天鵝絨的座椅坐起來很舒適。

這時，為他服務的狼先生遞給他一根又細又長的鞭子。

「請使用這個。」

「鞭子？」

「對，只要甩一下鞭子，『丟人旋轉木馬』就會跑一圈，請你充分享受。」

狼先生說完就退了下去。

祐一感到不知所措，但還是抬起手臂，用手上的鞭子朝前方的木馬屁股甩了一下。

「啪！」鞭子就像獅子的尾巴一般彎了起來，發出清脆的聲音。音樂頓時變了，前一刻悠揚的風琴音色變成了好像在吹奏號角般，富有朝氣的音樂。

旋轉木馬也開始旋轉，木馬跟著上下跳動，簡直就像真的在奔跑一樣。

「喔，感覺很逼真嘛，搞不好真的很好玩。」

祐一的心情越來越亢奮，腦海中突然浮現了上司的身影。上司是個討厭的傢伙，整天數落祐一，要求他認真工作。當上司的人，不是應該照顧下屬嗎？即使下屬在工作上犯了錯，不是應該幫下屬收拾殘局嗎？

祐一想到這件事，心情又惡劣了起來。

「消失吧！我不想再看到他！」

「嘶嘶。」拉著馬車的木馬同時嘶鳴起來。

祐一立刻發現，自己想不起上司的臉和名字了。明明前一刻還記得一清二楚。祐一可以明確感受到，有一個討厭的人從自己的內心消失了。

「這個旋轉木馬也太、太厲害了！」

就在祐一興奮的說出這句話時，他發現旋轉木馬的轉速慢了下來，原來已經快要跑完一圈。

「不能就這樣結束！我要繼續體會這種解脫感！」

祐一不希望旋轉木馬停下來，慌忙又舉起鞭子，朝著木馬屁股抽了下去，旋轉速度立刻恢復了原狀。他鬆了一口氣，突然想起妻子芽子說的話。

「你說昇一對你的態度很差？你在說什麼啊？你也不想一想，你之前根本不理他。即使他主動找你說話，你也只顧著自己玩遊戲、看電視，對他愛理不理。說好要帶他去玩，也因為你的關係一再爽約，所以昇一漸漸對你心灰意冷，現在你想和他拉近距離，也需要花一點時間。」

祐一想到這裡，頓時火冒三丈。

說這種話，也未免太過分了。我為了他們這麼努力工作，只不過沒有花時間陪伴家人就責怪我，開什麼玩笑！

希望至少坐在旋轉木馬上的這段時間，可以暫時忘記他們母子。

祐一想到這裡，便大聲叫了起來：

「芽子和昇一，你們都給我消失！」

「嘶嘶嘶。」木馬又嘶叫起來。

於是，祐一刪除了家人。

「太好了！雖然搞不清楚是怎麼回事，但我覺得自己很自由！呀吼！我很自由！」

祐一再接再厲，接連想起了更多想要刪除的人。

像是做生意不乾不脆，硬是要殺價的客戶；態度惡劣的超商店員；買了新車之後，向自己炫耀的同事。凡是稍微惹毛過祐一的

人，他全都一個不剩的刪除了。

這時，他突然想到一件事。

「既然任何人都可以刪除，是不是代表也可以刪除過去曾得罪我的人？如果真的有辦法……好！那我就來試試。」

祐一再次對著木馬舉起了鞭子。

他想起了高中時的班導師。

「以你目前的成績，根本沒辦法考進你的第一志願，你要再用功點！」班導師很囉嗦，都怪他整天嘮嘮叨叨，所以反而害得自己不想讀書了。仔細想一想，就覺得都是那個班導師害自己沒有考上第一志願。

「我因為沒有考上第一志願，所以人生才會這麼曲折。如果沒有那個傢伙……」

他的願望很快就成真了。然後……

祐一發現，自己身上穿的不再是皺巴巴的西裝，而是黑色的學生制服，那是他的高中制服。他摸了摸自己的臉，發現皮膚變得很光滑，連最近很在意的皺紋也都不見了。

我返老還童了！我回到了過去！

「我的願望成真了！我可以重啟人生！這次我一定要認真讀書，

考進第一志願，然後就可以成為人生勝利組！」

要不要到此為止？不不不，當然不行。既然知道可以回到過去，這樣當然不夠。

中學二年級時，祐一曾經喜歡一個女生。但是，他好不容易鼓起勇氣告白，竟然遭到了拒絕，沉重的打擊讓他在之後的戀愛路上都畏畏縮縮。

那個女生，也要刪除。

小學四年級時，曾經和他大吵一架的同學，因為祐一沒有先向那個同學打招呼，就借用了他的東西，還不小心弄壞了。但是，那個同學根本沒必要那麼生氣，結果因為這個事件，導致祐一被貼上了「很過分的人」的標籤，班上同學都討厭祐一，讓他過得很慘。

全都是那個傢伙的錯，當然要刪除那個傢伙。

如果沒有那個傢伙，只要沒有那個傢伙……

祐一腦海中接連浮現出那些討厭的人的臉，然後從自己的人生中刪除了他們，他同時發現自己變得越來越年輕了。

旋轉木馬在祐一的欲望驅使下，持續旋轉。

在旋轉了無數次之後，祐一終於準備進入最後一圈。他已經決定好了最後要刪除的人選。

那就是他的姊姊。

比他大兩歲的姊姊，從小學開始就很優秀，運動能力也很強，是父母引以為傲、品學兼優的女兒。父母每次都對他說：「為什麼姊姊可以做到，你卻做不到呢？」或是：「你要好好向姊姊學習。」

「我也不需要姊姊，只要沒有姊姊，爸媽就會更疼愛我。啊啊，這下子終於稱心如意了。」

祐一心滿意足的等待旋轉木馬停下來。

旋轉木馬緩緩放慢速度，最後終於停了下來。祐一準備走下馬車，沒想到他的腳竟碰不到地面。

「咦？」

低頭一看，祐一發現自己的腳離地面有很長一段距離，且兩隻腳都懸空。整輛馬車似乎在不知不覺中變大了。

這是怎麼回事？祐一驚訝不已，然後驚覺一件事。自己的雙手變得很小，手臂也胖嘟嘟的，就像嬰兒一樣。

嬰兒？怎麼可能有這種事？祐一愣在那裡，剛才那個「狼」走了過來，嘴角露出不懷好意的笑容。

「『丟人旋轉木馬』似乎讓你玩得很開心，真是太好了。你終於可以如願展開新的人生了。所以，請你在新的人生裡加油嘍！」

狼先生說話的語氣變得很熱絡，然後輕輕把祐一抓了起來。

祐一尖叫起來：

「救命，誰來救救我！」

但是，他開口發出的並不是說話的聲音，而是嬰兒的哭泣聲。

「丟人旋轉木馬」，別名「刪人旋轉木馬」。不知道為什麼，只有那些把自己的不幸和運氣不佳都怪罪給別人的人，才會想坐那個旋轉木馬。他們只要一坐上去，就會坐很久，讓旋轉木馬轉好幾十次，不，是好幾百次。但是，即使長時間坐在旋轉木馬上，當事人也往往不會發現，其實刪除的是自己。雖然當事人會以為是刪除自己討厭的人，但其實是把自己從對方的人生中刪除了。等到他們發現這個事實時，就已經為時已晚了。嘻嘻嘻！

7 夜風街劇場

自己的心裡是不是有一個惡魔？五歲的奈那有時候會這麼想。

因為每當她生氣，她就會破壞一切事物，然後做一些平時絕對不會做的事。

那天也一樣。

之前每次只要有草莓果凍，奶奶都會拿給奈那吃，但那天奶奶竟然把草莓果凍給了弟弟健太。雖然只是件小事，但奈那很生氣。

「我也想要草莓果凍！」

「對不起，沒有草莓果凍了，還有葡萄或是桃子口味。」

「不要！為什麼要把草莓的給健太？你明明知道我喜歡吃草莓！你最近都只喜歡健太。」

「沒這回事，奶奶對你和健太一樣，都很喜歡你們，因為你們都是我可愛的孫子和孫女。」

雖然奶奶安慰她，但奈那仍然氣得跺腳大叫：

「騙人！爸爸和媽媽也都比較喜歡健太！我之前還以為奶奶比較喜歡我！算了，我不要吃點心了！」

奈那火冒三丈，衝上了二樓，然後直接闖進了奶奶的房間。她打算去拿奶奶珍藏的洋娃娃。

雖然奶奶已經是大人了，但她有一個很舊的小洋娃娃。奶奶愛不釋手的這個洋娃娃是個女生，她還經常為娃娃做新衣服，用絲帶為它綁頭髮，每天都會拿在手上玩。

奈那每次看到奶奶玩娃娃都很好奇，而且很想和奶奶一起玩，雖然奶奶平時都對奈那百依百順，但只有在這件事上不肯讓步。

「不行，奈那，你不是有很多新的娃娃嗎？這個娃娃是奶奶的，而且是奶奶的寶貝，所以你千萬不能碰。一言為定喔，聽到了嗎？」

奈那之前都遵守這個約定，因為她很愛奶奶。但是今天不一樣，因為她討厭奶奶。

奈那一把抓起娃娃，心想著：

「我才不要這種我不能玩的娃娃！奶奶讓我這麼失望，那我也要讓奶奶失望！」

奈那內心充滿了對奶奶的怨恨和怒氣，粗暴的拉扯著娃娃的手臂。沒想到娃娃的手臂一下子就被扯了下來，連奈那也很驚訝，竟然這麼容易就扯斷了。

奈那立刻回過神，嚇得臉色發白。

闖禍了！自己竟然破壞了奶奶最心愛的東西，奶奶一定會痛罵自己，即使她不罵自己，爸爸和媽媽也絕對會非常生氣。奈那不想挨罵，好可怕，我要趕快逃走！

奈那決定離家出走，只要大人發現奈那不見了，一定會很擔心。等他們擔心久了，奈那再回到家，他們就會很高興，也不會計較奈那做的壞事了。

雖然已經是傍晚了，但奈那還是溜出了家門。

當她決定先去公園時，一個身材高大、奇怪的叔叔叫住了她。那個叔叔就像個魔術師，而且他竟然知道奈那剛剛做的壞事。他對奈那說：

「既然你想離家出走，那乾脆去我的『天獄園』玩一玩。這個遊樂園很好玩，而且在那裡，時間也會過得特別快。嘻嘻嘻，也許可以在園區裡，消滅住在你內心的惡魔。」

「真的嗎？這樣的話，我以後就不會再做壞事了嗎？」

奈那雖然從家裡逃了出來，但其實她心裡很後悔。

早知道不應該做那種事。她很希望自己以後不要這麼容易生氣，也希望能修好被她扯下來的娃娃手臂，她不想再當壞孩子。

奈那露出求助的眼神看著叔叔，叔叔用力點頭說：

「既然這樣，那你更要去『天獄園』了。來，這張試玩券給你。嘻嘻嘻，等你用了這張試玩券，一定會變成一個聽話的乖孩子。」

奈那覺得那張銀色的試玩券很迷人，試玩券發出的柔光，簡直就像是月光，所以她雖然知道不可以拿陌生人的東西，但還是收了下來。

她看向叔叔的魔術師帽，一眨眼的功夫，就來到了大門前。

奈那目瞪口呆，看著大門內的遊樂園。遊樂園中燈光閃爍，看起來很歡樂。

「好漂亮！」

「我沒說錯吧？這是我引以為傲的『天獄園』。來來來，你趕快去玩吧。這張試玩券可以玩所有的遊樂設施，或是買任何商品，但只能使用一次，所以，你要仔細挑選自己最想要的東西，或是最想玩的設施，知道嗎？」

「嗯，我知道了。叔叔，謝謝你！」

「叔叔……我不喜歡別人這麼叫我，起碼該叫我一聲老闆。」

叔叔嘀咕著，但奈那不理會他，衝進了遊樂園。

到底要玩什麼呢？要坐遊樂設施嗎？還是買氣球？可以抽中零食或玩具的遊戲似乎也很不錯。

奈那樂不可支的在遊樂園內走來走去，根本忘了自己正在離家出走。現在的天色完全暗了下來，即使已經是晚上了，但遊樂園的燈飾依然很明亮，她完全不感到害怕。園區內還有許多戴了動物面具的人，眼前的景象太歡樂了。

不知道哪裡可以買到那種面具？奈那一邊想著這件事，一邊在遊樂園裡閒逛，最後，來到一個和剛才完全不一樣的地方。

那裡打造成老城區的感覺，有很多紅磚房子，到處都可以看到很花俏的招牌。

「夜風街」，入口的拱門上寫了這幾個字。但奈那不認得那些字，只看到拱門裡有很多商店，覺得很好玩。

奈那興奮的走過拱門，決定進去逛一逛。

照相館、理髮店、西餐廳、藥局、冰店……最後，她來到一棟格外吸引人的房子前。

那棟建築物的牆上貼了各式各樣的海報，每張海報上都畫了一個笑臉或是哭臉的面具。

這是什麼？奈那歪著頭納悶，這時，站在門口的女人走向她。女人戴著狐狸面具，穿了一件有很多蕾絲的古董洋裝，用溫柔的聲音對奈那說：

「小妹妹，這裡是劇場，等一下就要上演木偶劇了，你要不要進來看戲？」

「木偶劇？是演什麼故事？」

「呵呵呵，如果我現在就告訴你，不是就爆雷，失去看戲的樂趣了嗎？但是，你一定會感到滿意。怎麼樣？你要進來嗎？」

奈那用力點了點頭。她原本就很喜歡木偶劇，最重要的是，她很想進去這個劇場看一看。

當她把試玩券交給「狐狸」後，對方的態度變得更加親切，帶著奈那來到了劇場的觀眾席。

劇場很小，後方有一個舞臺，舞臺前有三十張椅子。觀眾席有點昏暗，已經坐了不少觀眾。所有觀眾都靜靜的坐在座位上，可以感受到他們很期待即將上演的劇目。

奈那也越來越期待。

到底要演什麼故事？希望是有漂亮公主出現的故事。

隨著鈴聲響起，劇場內立刻暗了下來，「啪」的一聲，聚光燈打在舞臺上。一個男人衝到燈光下，他個子矮小，穿著一件藍色和銀色條紋的衣服，臉上戴著黑色面具，但是，他的手看起來很大，手指也很長。

那個人恭敬的向觀眾席鞠了一躬，聲音宏亮的介紹了起來：

「感謝各位今天來到這裡，我是木偶師糸丸，雖然我是木偶師，但其實我是木偶的僕人，是木偶在操控我，代替它們說話。今天將為大家演出特別節目，請大家觀賞到最後。」

糸丸的話音剛落，他的雙手下方立刻出現了好幾個木偶。

他一個人要操控這麼多木偶嗎？正當奈那感到不可思議的時候，糸丸的手指做出了奇妙的動作。一個女生木偶馬上抬起頭，站了起來。

「我是生活在小鎮的女孩，我的名字叫琳琳。」

雖然是糸丸在說話，但奈那覺得是那個木偶在說話。

精采的木偶劇開始了。

木偶師的手指好像在變戲法般活動，用不同的聲音同時扮演好幾個角色，所以他手上的木偶好像真的有生命一樣又說又笑，動作流暢。

但是，劇情不怎麼有趣，反而有點悲傷。琳琳有一個和她感情很好的姊姊，但姊姊身體很虛弱，好幾次都差點送命。

萬一姊姊死了怎麼辦？神啊，請不要讓姊姊死掉。

琳琳為姊姊擔心的那一幕真的很令人難過，奈那忍不住哭了起

來。周圍的觀眾席上也傳來啜泣聲。

在一片悲傷的氣氛中，系丸用感傷的聲音說出了旁白。

有一天晚上，姊姊把一個小洋娃娃交給了琳琳，說：

「這是我做的娃娃。我不是沒辦法陪你去外面玩嗎？當我發燒躺在床上時，甚至不能陪你聊天，所以你可以把這個洋娃娃當成是最好的朋友。如果你願意這麼做，姊姊會很高興，也會很安心。」

琳琳向姊姊保證，她一定會這麼做。

姊姊聽了琳琳的回答，瘦削的臉上露出一絲笑容，又躺回被子裡，之後就再也沒有醒來。

琳琳決定要好好珍惜姊姊留下的遺物，所以無論做任何事，都會帶著洋娃娃。晚上睡覺前，也會把洋娃娃當成姊姊，把一整天發生的事都告訴它。即使過了玩洋娃娃的年紀，琳琳仍然堅持這個習慣……很多年過去了，原本年幼的琳琳也變成了大人。她結婚生了孩子，還有了孫子和孫女。

但是，她的孫女是一個壞孩子，只要遇到不順心的事，就會大發脾氣，破壞各種東西。

有一天，琳琳的孫女因為弟弟吃了她最愛的果凍，竟然把那個洋娃

娃的手臂扯了下來。

這時，糸丸突然停止操縱手上的木偶，對著觀眾說：

「各位，你們認為該如何處罰這個壞孩子？」

「喔喔喔喔！」觀眾們同時吼叫了起來，變成了合唱，彷彿地鳴一般，震撼了整個劇場。

「變成人偶！把她變成人偶！」

「然後讓她遭遇相同的命運。」

「把她的眼珠子挖出來，然後縫上一顆扣子！」

「把她身體裡的棉花都扯出來！」

觀眾群情激憤，但他們在不知不覺中，全都變成了人偶。

不，觀眾們其實原本就是人偶。

仔細一看，就可以發現很多人偶都殘缺不全。有的人偶少了一隻眼睛或是一隻耳朵；有的臉上都是塗鴉，或是身體裂開了大口，裡面的棉花都露了出來。

但是，這些人偶都有一個共同點，就是每個人偶都對人類充滿憤怒和仇恨，可以感受到這些人偶都在等待復仇的時刻。

奈那坐在椅子上縮成一團。她驚恐萬分，心臟快要從嘴巴跳出

來了。

她終於明白了，木偶劇裡演的「壞孫女」就是她，而「琳琳」就是奶奶。

看了木偶劇之後，奈那終於知道對奶奶來說，那個洋娃娃有多麼珍貴。如果知道那是奶奶的姊姊留下的遺物，自己絕對不會破壞那個洋娃娃。

「對不起、對不起。奶奶，對不起。」

奈那低著頭，在心裡一個勁的道歉，她很想偷偷逃走，但被周圍興奮叫喊的人偶包圍了，她根本無法動彈，只能縮起身體，盡可能不引人注意。

這時，人偶觀眾們突然停止了叫喊，劇場內鴉雀無聲。木偶劇演完了嗎？那些人偶都心滿意足的離開劇場了嗎？

「啊！」奈那戰戰兢兢的抬起頭，忍不住倒吸一口氣，因為木偶師糸丸就站在她面前。他剛才在舞臺上時，看起來還很矮小，但現在才發現他很高大，原本就很大的手，此刻看起來更像巨人的手。

糸丸目不轉睛的低頭看著奈那。即使他戴著面具，奈那仍然知道他臉上露出了不懷好意的表情。

奈那嚇得瑟瑟發抖，糸丸陰陽怪氣的說：

「壞孩子，你已經知道自己闖了什麼禍吧？所以你應該也知道，接下來就是處罰時間。」

「對、對、對不、對不起。」

「喔喔喔，即使你現在道歉，也已經來不及了。其他觀眾都很期待看到壞孩子狠狠遭到處罰，所以，你趕快走上舞臺。趕快！有沒有聽到？叫你走上舞臺！」

「不要！」

奈那試圖逃走，但糸丸立刻抓住了她，把她帶到舞臺上，接著用白色的線綁住了奈那的手腳。

奈那立刻發現自己無法動彈，她哭著看向糸丸，糸丸正露出笑容對她說：

「沒錯，破壞人偶的小孩，全都要變成人偶。而且會被分配到擔任不同的角色，像是被鯊魚吃掉的人偶，或是被怪獸踩死的人偶，還有被砍頭的悲劇女王。呵呵，別擔心，每次壞掉之後，我都會把你修好。總之，就讓你變成人偶吧。反正已經為你綁好線了，現在要把你那雙可愛的眼睛換成鈕扣，還是換上漂亮的藍色玻璃珠呢？」

糸丸說話的同時，把手上的大剪刀緩緩伸向奈那的眼睛。奈那甚至無法掙扎。

「救命！」

她朝著觀眾席求救，但那些人偶都在大肆嘲笑。

「太痛快了！」

「趕快動手吧！這樣她就可以稍微了解我們的心情了！」

「一定要讓她演悲劇，到時候我會再來觀賞。」

奈那發現周圍完全沒有人要幫她，忍不住流下了眼淚。

「好可怕、好可怕。不要，我不要變成人偶！對不起，奶奶，請你原諒我。爸爸，趕快來救我。媽媽，我以後一定會當乖小孩。」

但是，剪刀的刀尖幾乎快碰到奈那的眼睛了……就在這時，只聽到「啪」的一聲，所有燈光突然暗了下來。

劇場內一片漆黑，糸丸和人偶都發出不知所措的聲音。

「怎麼回事？燈為什麼關掉了？」

「喂！什麼都看不到了啊？」

「這是怎麼回事？」

「我想繼續看下去！把燈打開！」

在一片混亂聲中，奈那發現自己的身體恢復自由了。同時有人用力抓著她的手說：

「趕快！跟我來！」

「不、不要！」

奈那忍不住想要甩開那隻手，但是，那隻手並沒有鬆開，反而聽到一個緊張的聲音對她說：

「你先不要吵，跟我來！我會帶你逃走。如果你想回家，就要用盡渾身力氣逃走！」

回家！好啊，只要能回家，我願意做任何事。奈那不再反抗，跟著對方在黑暗中奔跑。

「喂，剛才的小孩子不見了！跑去哪裡了？」

「把她找出來！千萬不能讓她逃走了！」

「喂喂，你趕快出來！剛才是和你開玩笑的！」

劇場內響起乒乒乓乓的聲音，人偶們摸索著，想要抓住奈那。

奈那發現這件事，只覺得脖子發涼。

她不顧一切的逃跑，不想被抓住。幸虧有人抓住她的手，即使在一片漆黑中奔跑，她也沒有跌倒。

奈那終於跑到劇場外。

在微弱的月光下，奈那看著救了自己一命的人。那個女生比奈那的年紀稍微大一點，穿著藍色洋裝，綁著麻花辮。

「你是誰？」奈那正想問，突然倒抽了一口氣。因為帶她來到這個遊樂園的高個子叔叔，正大步走過來。

叔叔完全沒有看奈那一眼，靜靜的問麻花辮女生：

「真的沒問題嗎？」

「對，沒問題。」女生鎮定自若的回答。

「因為我已經修好了，她也充分反省了，最重要的是，琳琳並不希望這個孩子受到傷害。」

「哼！」

叔叔一臉失望的摸著鬍子，但還是點了點頭。

「既然這樣……小妹妹，差不多該回家了。」

叔叔冷冷的把魔術師帽遞到奈那面前。

奈那低頭看了魔術師帽一眼，就立刻回到自己的家門口。

回來了！奈那衝進家門，把高個子叔叔和剛才救她一命的女生全都拋在腦後，剛好遇到了站在門口的奶奶。

「奶奶！」

奶奶緊緊抱住了奈那。

「奈那！啊啊，太好了。你不見了，我還打算去找你呢。怎麼可以在晚上一個人跑出去呢？你到底去了哪裡？」

奈那無法回答。回來了，終於順利回到家了。她激動不已，也很高興，澈底鬆了一口氣，完全說不出話。

奈那抱著奶奶，哭了很久。當她心情終於平復後，向奶奶坦承了自己做錯的事。

即使奶奶聽到她因為生氣扯壞了洋娃娃，也沒有罵她，只是靜靜的點著頭說：

「既然你自己向奶奶認了錯，奶奶就不再生氣了。但是，你以後不會再做這種事了，對嗎？」

「不會了！絕對不會了！因為那是奶奶姊姊的洋娃娃！」

「咦？我以前告訴過你這件事嗎……？算了，這不重要。總之，洋娃娃的事沒關係了，你看，我已經縫好了，也讓它穿上了新衣服，是不是很可愛？」

奶奶說著，拿出那個洋娃娃給奈那看。

奈那瞪大了眼睛，因為重新縫好的洋娃娃綁著麻花辮，身上還穿著藍色的洋裝。

「夜風街劇場」，雖然世界很大，但絕對沒有其他地方有這種劇場。這裡每天晚上都會懲罰破壞人偶的孩子，對人偶們來說，這是最大的娛樂，門票每次都秒殺。話說回來，那個小女生逃過一劫真是太可惜了，我認為她可以成為這個劇場裡的明星。如果你不想被帶去那個劇場，就千萬不要破壞別人心愛的人偶，因為人偶身上經常寄託了人類的感情。

尾聲

這就是「天獄園」的內部情況。只要發現能夠讓「天獄園」變得更有趣、更刺激的人，我一定會主動上前邀請他們入園，這一切都是為了「天獄園」真正的客人。連我都覺得自己真是太勤快了。

什麼？真正的客人是哪些人？

我還是不說為妙。這個世界上，很多事還是不要知道比較好。

總之，今天稍微介紹了一下「天獄園」，不知道各位是否產生

了興趣？嘻嘻嘻，雖然遊樂園裡還有很多故事，如果全都說出來，

恐怕要說到天亮了。

今天晚上，就先到此為止。

那就晚安嘍，嘻嘻嘻！

朝讀新聞
○○新聞社
10月14日
555號
神祕的遊樂園真實存在！
隨著目擊證人不斷出現，已經成為熱門話題的神祕遊樂園，園內的真實情況至今仍然是一團謎。到底是什麼樣的遊樂園？本報順利訪問到一位為了解開謎團，獨自展開調查的人士（匿名）。
少年失蹤的現場
池丸超市
每天都是特惠日！

綁架？！那名神祕男子是誰？

—請問你為什麼會進行這項調查？

「你還記得三年前，鄰鎮曾經發生一起失蹤案嗎？」

—你是說一名小學六年級的學生，從補習班放學回家後，就離奇失蹤的事件嗎？

「沒錯，有人目擊到那名叫芯時的少年，在離開補習班後，和一個高大的男人說話。」

—媒體也報導了這個消息。我記得報導中提到，那個男人還變裝。

「沒錯，他戴著魔術師帽，假扮成魔術師的樣子。」

—那個男人和遊樂園有什麼關係？

「我接下來要說的話，可能令人有點難以置信。其實……

與失蹤者的關係

芯時是一個熱愛運動的男生，下課時或是放學後，經常玩躲避球，他自從失蹤後，至今仍然下落不明。他的父母說，他很愛坐雲霄飛車，假日和家人一起去遊樂園時，都只玩刺激型的遊樂設施，除此以外都沒有興趣……

推薦文

看似天堂，實則通往地獄的黑暗樂園

◎文／蘇懿禎（「火星童書地圖」版主）

《神祕可疑的天獄園》以「怪童」經營的「天獄園」為舞臺，引領讀者進入《神奇柑仔店》之外更深一層的神祕境地。作為番外篇，《天獄園》與《神奇柑仔店》有不少共通點，兩者皆彙集了幾則短篇故事，而這些人物之間大多沒有關連。不同的是，《神奇柑仔店》的老闆娘紅子，只需要等待「適合」的客人自己上門，而「天獄園」的老闆怪童則是主動出擊，尋找內心黑暗的遊客。「天獄園」只在夜晚營業，然而正如紅子所言，「只有住在黑暗世界的人，去那個遊樂園才會感到高興」，摩天輪、旋轉木馬、雲霄飛車等這些看似普通的設施，卻潛藏著令人不寒而慄的祕密。

「天獄園」的老闆怪童尋找那些心中帶有不安、恐懼、憤怒、焦慮、嫉妒等負面情緒的人，送給他們一張試玩券，可以試玩一項遊樂設施，或是免費帶走一樣伴手禮。看到這裡，讓人立刻聯想到撿石頭的寓言故事，是否會因為三心二意，貪心不足而遭致厄運呢？不過既然是《神奇柑仔店》番外篇，在遊戲規則的設定上依舊照著原本的模式：

被選中之人會找到最適合他自己的遊樂設施。

在「天獄園」中，出現了《神奇柑仔店》系列中的反派「澱澱」。在與紅子多次交手敗下陣來的她，在遊樂園裡開起了「澱澱的糖果屋」，以另一種形式延續與紅子的競爭。紅子透過點心揭露、探尋人們藏在內心深處的善惡，如果誤入歧途者則會受到嚴厲的懲罰。而澱澱則是明確的懷有惡意，試圖藉由點心將人們推向毀滅的深淵，她的商業手法自然與「天獄園」不謀而合。

在《神奇柑仔店》的每一集中，往往有一兩個人受到了懲罰，但整體而言得到積極正向力量的角色較多，而《天獄園》則是從第一個故事就讓人驚愕不已，該不會整本都是這麼悲慘的下場吧？好在作者還是安排了救贖的情節，讓幾個主角得以逃出鬼門關，同樣是混合著溫馨與恐怖的元素，比例卻剛好相反。遊樂園雖然看起來像天堂般歡樂，但其實是通往地獄的地方。似乎正如樂園的名字，雖然叫做天獄，實則暗指地獄。而不論是散發濃烈黑暗氛圍的《天獄園》，或是熹微和煦的《神奇柑仔店》，都不斷的引起讀者對於人性光明面與陰暗面的思考。

其中如間奏曲的一篇中，「錢天堂」也出場了。從紅子口中聽到「天獄園似乎又重新開張了，原本停業多年，我還以為怪童要從此關門大吉了……」，暗示著紅子早已知道「天獄園」的存在。書末的報紙讓理論上只存於異世界裡的「天獄園」變得更加真實，而這本番外篇是否會持續發展，變成另一個系列呢？就讓我們拭目以待吧。

神奇柑仔店番外篇
神祕可疑的天獄園

作　　者｜廣嶋玲子
插　　圖｜jyajya
譯　　者｜王蘊潔

責任編輯｜江乃欣
封面及內頁版型設計｜李潔
電腦排版｜中原造像股份有限公司
行銷企劃｜林思妤、葉怡伶

天下雜誌群創辦人｜殷允芃
董事長兼執行長｜何琦瑜
媒體暨產品事業群
總 經 理｜游玉雪
副總經理｜林彥傑
總 編 輯｜林欣靜
行銷總監｜林育菁
副 總 監｜李幼婷
版權主任｜何晨瑋、黃微真

出 版 者｜親子天下股份有限公司
地　　址｜臺北市104建國北路一段96號4樓
電　　話｜（02）2509-2800　傳真｜（02）2509-2462
網　　址｜www.parenting.com.tw
讀者服務專線｜（02）2662-0332　週一～週五：09:00～17:30
讀者服務傳真｜（02）2662-6048
客服信箱｜parenting@cw.com.tw
法律顧問｜台英國際商務法律事務所・羅明通律師
製版印刷｜中原造像股份有限公司
總 經 銷｜大和圖書有限公司　電話：（02）8990-2588

出版日期｜2024年3月第一版第一次印行
　　　　　2024年9月第一版第六次印行
定　　價｜330元
書　　號｜BKKCJ112P
I S B N｜978-626-305-679-4（平裝）

訂購服務
親子天下 Shopping｜shopping.parenting.com.tw
海外・大量訂購｜parenting@cw.com.tw
書香花園｜臺北市建國北路二段6巷11號　電話（02）2506-1635
劃撥帳號｜50331356　親子天下股份有限公司

國家圖書館出版品預行編目（CIP）資料

神奇柑仔店番外篇：神祕可疑的天獄園／
廣嶋玲子 作；jyajya 圖；王蘊潔 譯. -- 第一版.
-- 臺北市：親子天下股份有限公司, 2024.03
192面；17X21公分. --（樂讀456系列；112）
注音版
ISBN 978-626-305-679-4（平裝）

861.596　　113000032